U0045110

罅隙

歐筱佩

目次

路過的小插曲

序一
迷宮裡的飛鳥與床蝨◎關天林

　　「世界本來就是迷宮，沒有必要再建一
座。」博爾赫斯（Jorge Luis Borges）這樣說。

　　其實是有必要再建的，只不過不是一座，
而是更多更多。我們都身陷迷陣，只有少數人
自覺受困，而能描繪迷途，且願意呼召其他旅
人者，就更少了。描繪和召喚，就是重建；時
空的罅隙，由此蔓延：

　　「飛鳥要我寫一堆日常」──〈Entrance〉

1

　　迷宮本身就源於呼召，「從自由冒出來的
飛鳥」是無法企及的。詩人首先知覺被日常包
圍，繼而發現從日常紛紛冒現的奇異。第一輯
「那個住旅館裡的」便充滿猶如暫處於陌異過
渡空間的閃光。困在雨與大海之間的〈海馬男
孩〉只能繁殖孤單，傾聽「海底下嚼開的風暴」。
在〈菸灰〉中，透露出一種往外闖蕩與自足寂
寞之間的拉扯，那個開始純熟的抽菸手勢，就
像成長期裡一截「憂傷的時差」，只想「熏醒
裹著黑夜的明晨」。

　　孩子氣與夢幻是從日常繞過日常的良機，
詩人更可化身其他活潑生靈，暫時跳脫於生死
大夢，如〈床蝨〉，如〈瓢蟲〉。床蝨「飽食

你多汁的靈魂」，雖然朝生暮死，但能鑽進棉被，又可在黎明前洞悉執迷，難怪「不羨慕人類／尤其詩人」。寫瓢蟲更像寫人類、生存的寓言，代入窗邊窺探的瓢蟲視角，洗澡的自身才是異象，但窗外是否還有窗？半疑半信的瓢蟲注定再次起飛。髒污與潔淨，自我與他者，縮影為欲飛未飛的姿態。

小小旅館不斷擴建，終於成為詩人的奇想天地。〈牆壁上的魚〉有很多亮麗句子：魚「唯一的嗜好，便是穿越牆壁／尋找過去給牠剝鱗片的女孩」，「女孩習慣用心事鉤住魚唇／防止兩鰓丟失」，「給鱗片彩上花一樣的記號／驅逐時間」，全以想像力為最小單位。魚象徵著穿牆般的流動、溢／逸出，腮和鱗就是不得不掛起或剝離的重量，為了換來那瞬間的輕。

更新日常的，終究是詩的瞬間性。〈鞋子〉包裹我們的傷口，也留下回音，「鞋跟剛落下，眼睛聽見了，我便開始寫信。不要害怕驚動黑夜，它是最有力量的背景，布局我們用遙遠的方式來更新孤獨。」不是回應或報答，而是更新。正如一隻瓢蟲、床蝨也能更新孤獨的宇宙。

2

　　暫且安身寄居，以及身份的游離，不得不
帶來倖存之感，這是無從擺脫的，也許也算是
迷宮一種。從〈做一個客人〉的「醒來做甚麼，
做一個客人／像海龜趕海一樣」到〈倖存〉，
過客倖存下來便是「過來人」，面對標籤，面
對「故事流離　言語失所」，只能以詩為「櫃
檯」，把「鄉音的債務」接過來。

　　我們能反覆讀到詩人對想像力的信念，而
這便構成「餘數」，也足以成為變數。在〈信念〉
這首詩裡，「在海洋中描繪大海」便是這樣的
一種堅持，變幻之下，也會有變幻的畫：「有
海鷗淺踏過水面／自由才會從海底緩緩升起」。
因此，〈我們的　神〉的刪除線，好像是要取
消神，其實同時也在抵抗取消。窗前提燈，能
抵抗黑暗的抹殺？但暖意是一生的，比如公車
同坐，半生遇合的緣。輕盈的兩段，中間卻是
人與神之間、生與死之間的深淵；提燈者的溫
柔堅定是巨大的。

　　散文詩〈傾斜的塔〉嘗試拔高、超脫地回
看，並以迷人的意象刻畫了在安居與遷流、安
身與罅隙之間進退失據的姿勢：

　　「我已經認得浮在腳下這座島的名字，但

對於島下的海水還一無所知。填來的，填來的，
也不是原來的土地。你呢？你的房子是用國籍
建的？填來的，填來的，原來的臍帶收在魔術
盒裡。／／找個安身的理由，不然一看雨就有
蟻從臉上爬出來。這樣不斷念的罅隙怎麼補也
沒完沒了⋯⋯」──〈傾斜的塔〉

但詩人畢竟是有寄望的，而且寄望著遙遠，
即使「從我身上移走了海水」，「我也會在你
沒預見的／遙遠裡，填補其中一片海／空出來
的人生」。

3
　　筱佩擅長糅合自然和人工物的意象，穿織
到時而婉轉時而堅韌的情感與想像裡，以一種
富於更新力的肌理，穿透想像背面。〈老鐘上
的孩子的心〉寫的是奇異美妙的組合：孩子與
老鐘。老鐘沒有心，只有亂石掛牽，孩子則想
為鐘把脈，為了探勘時間的生命，也彷彿因為
時間需要陪伴和撫慰。孩子是不老的，時間卻
孤老；生命的秘密昭然若揭，剩下的，是一個
單純而深沉的願望：「沉靜的故事正開始　雜沓
的情愫剛結束」。
　　說到柔情的一面，我們能在幾首情詩中讀

到不只溫柔，而且婉轉纏綿的展現，如〈松鼠看山鬼〉、〈青木戀人〉。情詩容易失諸太巧，太輕佻，筱佩卻寫得清朗耐看，如〈輕聲再見〉其中一節就已足夠傳唱：「有的影子住在抽屜裡／他們靠著一連串的意外來維生／我的身體也有專屬的抽屜，養了個小太陽／一拉開　就能看見我在意的你是意外」。又如〈青木戀人〉寫戀情寫得如此纏綿，最精彩是還是飛逸時、磊落時，竟帶著一脈《詩經》悠悠我心的況味：

「三月的風　看著牠走　我的背脊難過了
起來。以為朗讀幾行字就能擺脫
心事錚錚。窗外，有河載著山離去
仿佛世界潺潺在動，而我的世界
動在你的山谷裡
（……）
我沒有神的智慧，可我
能在神話裡
打撈　你」

可以寫得柔婉，但終究只是詩人的一種色澤，而不是底色。《罅隙》的詩，不少都是以智性，與感性相濟，投入跳脫的異想，語調和

句意也重視連接、轉折的清晰度，因而具備一種縝密的抒情，當中難免出現張力，但有時也恰好加強了表達，傳遞出更微妙的痛，如〈惡魔的春天〉：「我無法杜撰陽光向你宣告春天／以免我抵觸了你　專注成長的呼吸／即使如此　身邊的一切也會釀成一筐／極好的無花果」。成熟是療癒還是妥協？最鮮活的傷口也會固化成纍纍記憶。

　　應答飛鳥呼召、宣告「心事不會死」的詩人，柔軟的眼神底下，也敲擊著響亮的心跳。特別喜歡〈逆游〉後半部無法抑止的不馴之氣：「他定睛拒絕下降的日落／為他的混沌戴上一重冠冕／／這般荒誕落寞的情節　記錄在／這一條背光的河／千萬　你不要誤寫向海的方向／我與海有過節」。毋懼於與海有過節的「過來人」，又怎會害怕迷宮？你可以說是剛入世的純真，但更重要的是面對自己的勇氣：「我知道明天會是失去　是開始／更多時候是無知」（從生到死的隱喻都是一種陽光）。身在迷宮，只能反覆詰問生死，更借助不同角度，以至萬物的委曲：「看窗外地上的草　如何觀望／窗內的我短暫的一生」，而詩人的關注，始終繫於生，生的負荷，生的問候：

「你的一生足夠承載死亡的分量了嗎
我們一生的目的分配給了許多詞語
來完成一個句子，你會堅持哪一句
我會說　你有冇好好地食飯」
——〈窗外的霧是窗內一生逐漸消失的物
體〉

　　在抵達出口之前，我們還要去一趟〈虛構
的目的地〉。每個人在海邊虛構目的，大海則
視我們如海市蜃樓。詩人在這裡看似放下或和
解，其實依然在宣告信念：當每一處都可能是
終點時，呼應仍是必要的。我們與海，人與虛
無，理解其實不假外求，只要願意愛，即使你
明知愛是虛構。

　　正如迷宮，並不全然迷人，卻絕對值得虛
構，值得遠遊。

序者簡介／關天林，1984 年生，香港詩人、作家。香港
中文大學中文系碩士、復旦大學中文系博士。曾獲第十三
屆香港中文文學雙年獎推薦獎、中文文學創作獎、青年文
學獎、城市文學獎等獎項。現任《字花》雜誌總編輯。著
有詩集《本體夜涼如水》、《空氣辛勞》。

序二
在這裡能領悟神祇之心◎沈眠

　　《罅隙》分五輯:「那個住旅館裡的」、「信
念的餘數」、「闊別的鐘聲」、「路過的小插曲」
到「未過之橋」。輯一前另有〈Entrance〉:
「從一個人走入另一個人／然後消失／／飛鳥
要我寫出一堆日常／我的詞彙／從青少年末端
開始」,且輯五最後一首〈虛構的目的地〉以後,
尚有〈Exit〉寫:「還沒進化的傷口／都是被放
大的星星／裂過的路想開了／疤便自動老去」,
換句話說,在入口與出口之間,筱佩調度了各
種人生行旅、傷痛記事乃至死亡思探,也展演
出心靈上入境與出境的深刻語義。

　　概念與結構方面,我很自然就會聯想到王
離以「地圖」、「旅房」、「旅者」、「旅程」
為輯稱的《遷徙家屋》,但在精神層面上更貼
合茱莉亞・羅勃茲(Julia Roberts)所演出《享
受吧!一個人的旅行》(Eat Pray Love)的自
癒旅程。

　　或也不妨這麼說,《罅隙》實為筱佩以詩
歌完成、描繪靈魂移動的個人性公路電影,其
語言平靜和緩,淡然講述人生中各種細微難曉
的傷害,一個個為自身沉默、深邃檢視的幽微
時光,如〈鞋子〉:「……沉默不是傷口,是
祭奠曾在一條路上走過的一個時刻。……不要

害怕驚動黑夜，它是最有力量的背景，布局我們用遙遠的方式來更新孤獨。」

而〈床蝨〉的「想一想，想要成為詩的人／像過著得了病的日子／半輩子都在解放舊創……對於死亡　我總不吝嗇的快樂著／我不羨慕人類／尤其詩人」，更是坦率地如此驚心，直指寫作者與創傷共生的自我為難。

伊塔羅・卡爾維諾（Italo Calvino）〈詩人奇遇記〉（收錄於《困難的愛故事集》）描寫詩人烏斯內利與美人黛莉亞到小島旅行，划船進一岩洞，目睹無比絢爛的景色，女子驚嘆不已地說著：「在這裡能領悟神祇之心。」

閱讀筱佩詩作，特別是輯二「信念的餘數」諸多對神人關係的思覺，如〈廢墟〉：「我們是否體諒廢墟存在的意義／據說廢墟的原型是神／流放帶罪詩人的博物館／他們給未來虛構一張／更沒有未來的地圖……我們最愛的　都是最忍心的／悲傷動物／／你還在懷疑廢墟復活的時候嗎／當它的身世在接近黃昏時／有著最燦爛的殘餘」。我想，《罅隙》也確實負載了神祇之心，且亦能夠視為筱佩以詩歌出入生命的一場奇遇記。

　　此外，奧爾嘉・朵卡萩（Olga Tokarczuk）〈維基百科〉（收錄於《雲遊者》）有言：「所以，為了保持平衡，應該要有另一種知識集存在，一種我們所不知道的知識集，藏在這部百科底下——反面、內襯，不管在哪個目錄裡都找不到，不管哪個搜尋引擎都沒轍；因為它的內容太過龐大，我們沒辦法踩著文字一步一步探究，只能把腳步放在文字之間，擺在概念之間的深淵中，每向前滑行一步，我們就跌得更深。／看起來，唯一可能的方向，就是往深處去。」

　　我樂於將朵卡萩的說法延伸開去想：擺盪在各種事物的深淵之中，並且往深處去，不正是詩歌最魔幻的地方嗎？寫詩從來都是在夾縫裡求詩意，設法於平庸無奇的生活，找出密藏日常裂縫的神祕靈動，那或可說是詩歌的本質吧。

　　此所以零雨〈縫隙〉（收錄於《關於故鄉的一些計算》）寫：「……種下一朵昨日的黃／明日的花／／想告訴別人／宇宙的圓與虛無……我決定投向你／那面牆與牆／之間的縫隙／／樸實而且窄的／而且沒有人通過」，以及吳俞萱《交換愛人的肋骨（十週年紀念版）》的輯名為「我是我的萬丈深淵」、「向上爬一次，

我就掉回深淵一次」，無不是經由詩歌對生命
施展最清澈凝視的讚歌。

　　而筱佩的〈傾斜的塔〉：「找個安身的理
由，不然一看雨就有蟻從臉上爬出來。這樣不
斷念的罅隙怎麼補也沒完沒了。」、〈當我們
靜止的時候〉：「當我們撐過的傘一個比一個
沉默／不為什麼地去問假設／儲存的含氧量足
夠　讓我們／愛到自然醒」、〈青木戀人〉：
「毫無預兆的聲音，一想起／就滲漏幾行字裡。
不要在相片／尋找我，我的眼神紛紛／在框外
呼吸。你知道的我／根本愛得沒有尺寸」、〈橋
上的雨〉：「我們與志向便自動裂開／像一滴
淚剝開兩半／一半活過了／一半還在活著」等，
也正正能夠瞅見筱佩關於人生、情愛、生存等
命題，在罅隙中綻裂的獨異體悟。

....

序者簡介／沈眠 1976 年生，台灣人。著有詩集《文學裡
沒有神》（一人出版）和短篇小說集《詩集》（角立出版，
已絕版）、詩歌寫作計畫《武俠小說》（方格子 VOCUS，
已下架）。獲多種藝文補助、文學獎及詩選。詩作、書評
與人物專訪，常見於副刊雜誌媒體。

Entrance

從自由冒出來的飛鳥
停留在多出來的碎石上
與牠對視的時間，紀念我
向自己傳遞另一個方向

          從一個人走入另一個人
              然後消失

              飛鳥要我寫出一堆日常
                  我的詞彙
              從青少年末端開始

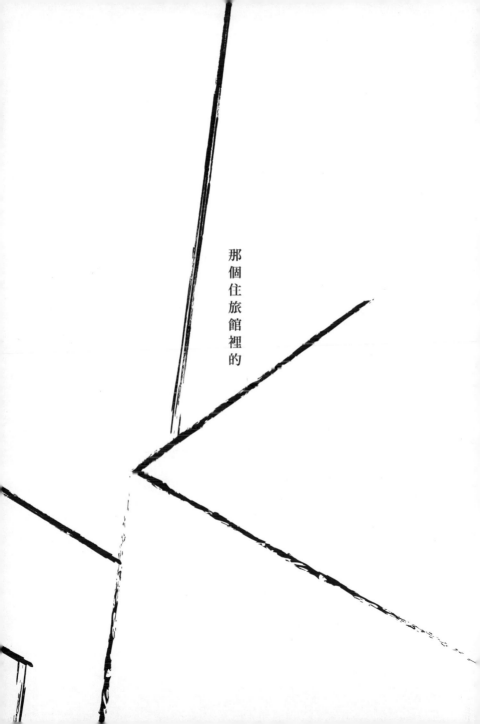

那個住旅館裡的

海馬男孩

海馬男孩的家
是雨　躲在雲裡單體繁殖
慢慢地腫脹成一顆顆
陌生的卵。迸裂時
他會面向北方的海
方能看得見卡在
海藻堆裡的尾巴

我不知道他在家裡是否
養過夢想。或許鹽分不足
以醃製一張更大的海，或許
我真的不知道他

海馬男孩與海
並沒有憂傷的時差
不過　偶然海底下嚼開的風暴
聽了　我們也難免孤單

菸灰

想念自己的時候
便抽一根菸，把一個城市
壓在菸灰缸底下
多年以來，朝向窗外的臉
視線投向的　是熬不見的風景

一根菸要堅持多久
才能熏醒裹著黑夜的明晨
我兩眼循著霧
放逐倖存的恐懼
解讀街燈下每一把傘
下滑青春的逗點

今夜　哭過的衛生紙
明日用來收拾餘灰
抹去那斷斷續續燃盡的
小小世界

紙孩子

紙孩子在學習溫柔
敘述往事時學習無視旁人
打掃頁上的塵埃
即便某日失去棲地
他亦能理清從前的場景

我和他最靠近的距離
填寫兩千年以前
慢節奏的時代　折疊地飛起來
我們的折痕只要推開
一直都在

紙孩子一點兒也不溫柔
他調戲信件用國語
撥弃郵票的鋸齒
任它咬開　孤單紛紛
口音也不打折
是他唯一可以曬冷的財產

有日遇見失散的書信
是否你　也把紙揉　揉
按放心事的左邊

床蝨

醒過來的棉被摩擦著我
堅韌的殼，我沉思
在這一匹廣袤的大地
糾葛從夜到明的體溫
是安樂的三餐嗎

你肉身上掉落的毛髮
夾入筆記本成了書籤
與你分行的句子同眠
你朗讀別人的名字甚過自己
是為了恢復黎明前已經死去的外殼嗎
想一想，想要成為詩的人
像過著得了病的日子
半輩子都在解放舊創

別管我　我只是個耳根多事
的小子　專門飽食你多汁的靈魂
我的生命將在你傾瀉的單線行
外被捕而碎

形成忠貞的句號
對於死亡　我總不吝嗇的快樂著
我不羨慕人類
尤其詩人

逃難者

花灑剝落的雨
打散皮膚上無辜
的汗水　失足於背脊
擱淺股溝間
我們認為不潔的污垢
一直是透明的辛勞

有隻瓢蟲在窗框上窺探我
長達幾輪月色的分娩
或許我就是牠室內
膜拜的異象

瓢蟲如先知作為的鹽
融化我臂彎縮起的春光
牠不知道我是在給外來
未過濾的身份洗澡
我並沒有潔癖，像我的母語
一樣只是喜歡凸出
一句嘴型的拋物線

我揉著身上徘徊的泡沫
搓去在街道　地鐵車廂　公車站
標籤的人生標點與符號
讓痛哭的毛孔酣睡
成就新生的字
從身體裡出浴

瓢蟲始終謹慎　不敢起飛
當埋伏電燈泡的壁虎
吐信　幹掉搖擺不定的飛蟻
於光前引導死滅

空間越來越小　世界越來越熱
以為　神的降臨
瓢蟲撤離蒸熟的白氣
飛出了氤氳
牠為了要確定窗外
是否真的還有另一扇窗
為了要確定自己飛得起
在人間的詭異

食蟻獸

我認得你
一個落了單的未來
還在災難中爬行
我拒絕哀悼　哀悼卻起了作用
每每遠走的遠方　記念你背上的鱗片
每每閃爍　都可怕的剪斷我目光

我巴不得你
在泥濘中打滾
不參與獸行運動　只搞懂詩人名單
我路過的時候親我吻我捲我入喉
再生出另一族的我
陸續為你而生

我記得你
在食我的時候
沉澱了時間
真讓人懷念的 U-turn 時代
你舔我舔得我特別溫柔

牆壁上的魚

墙壁上有條魚
牠是我房裡的出租客
白天神情呆滯
黑夜目光遊弋
唯一的嗜好，便是穿越牆壁
尋找過去給牠剝鱗片的女孩
那時候的魚眼睛是甜的

有條魚在墙壁上打尖
鄰家的黑貓從窗外探頭窺視
這百無聊賴的活鮮
怎能不計較以往海水深淺
朝向人間
躍岸憑弔
沒有誰叫得出牠的名字

女孩習慣用心事鉤住魚唇
防止兩鰓丟失
魚鱗剝落

瞬間哆嗦
所謂岸
只是另一片海
另一段更晴朗的日子

我把魚掛在牆壁上飼養
給鱗片彩上花一樣的記號
驅逐時間
在日曆還未撕下以前
讓我稍作休憩
以免舌頭打結

鞋子

　　寧靜的安息日，上石階的姿勢有沒有比較
自由？應該沒有。缺口的其中一道石階亦沒有
異議。我們的鞋頭彼此寒暄，即使有日脫下鞋
子拆開一切新舊的繃帶，雙腳仍然有著熟悉的
形狀。我們沉默的形狀。

　　沉默不是傷口，是祭奠曾在一條路上走過
的一個時刻。大小的鞋碼並肩的對話是呼吸，
直到腳離開大地也不能消失。

　　我相信腳步的回音還沒有結束，我蹲在風
景外繼續趕路，偶爾踢一踢失散的葉子。它們
似乎也是屬於我的。鞋跟剛落下，眼睛聽見了，
我便開始寫信。不要害怕驚動黑夜，它是最有
力量的背景，布局我們用遙遠的方式來更新孤
獨。

信念的餘數

信念

一

像掰開兩瓣的柳橙
左右各自形成一座小島
沿岸流動著的香味
是虛擬和真實的調度

二

在海洋中描繪大海
便能招引風　摩擦波浪
擦出的溫度
足夠暖和稍縱
即逝的信仰

三

礁石的線條
藏著閃躲的願望
每當漲潮　就喪失具體形象
除非畫中　有海鷗淺踏過水面
自由才會從海底緩緩升起

微言離語

一
我們是對折的永夜
影子生長在對方的身體
垂釣失散的光

二
日記裡的 52 赫茲
回應著更深的流動
我追蹤著牠
抵達在島的落空
沉潛的故事擱淺兩行
收割了歌聲
我也被牠吐進日記裡

廢墟
袖使我從骸骨的四圍經過——以西結書 37:2

我們是否體諒廢墟存在的意義
據說廢墟的原型是　神
流放帶罪詩人的博物館
他們給未來虛構一張
更沒有未來的地圖
吃著嗎哪 [1] 碎碎
唯　念想　便是那群在曠野中
收割信心的鳥雀

意義著存任的廢墟
是老死去的母親　為了橄欖枝
埋下的沒藥和乳香
我們最愛的　都是最忍心的
悲傷動物

你還在懷疑廢墟復活的時候嗎
當它的身世在接近黃昏時
有著最燦爛的殘餘

¹ 嗎哪：根據舊約聖經記載，嗎哪是神從天上降下供應的糧食。在古代以色列人出埃及記時，在四十年曠野的生活中，神應許摩西而賜下的食物，來養活以色列人。

我們的　神

神有可能是假的
當我們死亡
的方式選擇錯了
還要提著一盞燈
站在窗前
抱歉

上帝有可能是真的
當你停止
呼吸的時候
任何想象都是暖的
如一對年少戀人
剛離開他們的公車座位

如此死去是幸運的

我要感謝無星的黑夜
縱容了一把刀的月光
劈向大地，讓明亮
倒臥在清白的
樹枝上
任何雨水都沖刷不去的
清白

閉上眼　火是粉紅的
似乎要我感動於這個顛倒的時代
察覺離散的螞蟻正在為我賦詩
想像悉達多融合菩提樹
用生命碾過了
有情的死寂，死寂是聲音流失
荒野的迴響

鬆開眼　我肉體是酸甜的
倘若已經死去　那麼這算是幸運的味道
如是你比你愛的人老了
還能用他的言語
來進入他的身體

死後的驚喜
我問我會遇見誰
我但願那個布達拉宮
的輪迴　不負自由
不負身
我說的那個　是感傷的桃枝
並非山路上
逃難的達賴喇嘛

遷徙的胚胎

為了回家
有一群人饑餓著生命前行
他們的眼睛是石，卻讓我嫉妒
他們虔誠的頑固

你沒有體驗過遷徙
就不會知道恢復元神
是需要母親發出的信號
那是群獸的榮耀
一直搖滾在他們胃裡

他們不成形的重量呼吸樹根裡面
仿佛眼神輕輕　全是假設的空氣
混沌中，他們拼一道時代的晚餐
服侍城外倒塌的肢體
推薦給神　盼望有朝
與之合而
為一

舌根

一

搶得了五餅二魚
分給葬禮上的人
飢餓盤踞每一根舌頭
吞吞自由　吐吐文明
舌苔暗結橫生
方言被掉包
神　的話根本不管用

二
錯過了吶喊等於
錯過了人生
卦爻證實我不愛國
想死　又鬆了一口氣
懸在　屋瓦上

三
醒過來的日出
看著看著　便看成是被焚燒的窟窿
一圈黑過一圈
有沒有　愛的人在裡面
我把不在場的證據送給他
有沒有

從我身上移走了的海水

雨急，死去的人也漲潮
很多浮上岸的名字
都濕在細沙中，如
你　枕在床邊的
老老的　耐過風雨的
鹹味

腳下那麼多片海
你卻不曾從任何灘上回來過
廳裡茶几上的蘋果　爛到告一段落
爛到忘記蟲咬的創口
道長誦唱的經文
和濤聲相仿　超度每個角落的心事
但心事不會死

真的　沒有人會再哭
包括我
是否你　從我身上移走了海水

不存在的答案比生命還大
我也會在你沒預見的
遙遠裡，填補其中一片海
空出來的人生

我可以看見的樣子

我可以看見黎明的樣子
看見　它低調地注入玻璃樽
帶著睡意在樽內振動

大概這是世界最後的福音
它發出的頻率　超越生命的樣子
是你們聽不見的
樽裡在養草　比花苞的嫩芽更綠一點

我可以看見大地想要擺脫太陽的樣子
它低沉地抗議
那層圍繞著宇宙的光

從光看出去　流逝的東西
總是善良地夾帶邪惡逃走
呼吸就是這般鍛煉我們

我可以不可以看見　有一種樣子能成為自己
想要的另一個樣子　柔和的
揉成一個我
實現一雙眼睛的心
我看得見　也不一定
如果　我能發現我可以
沉浸在死亡的圖案上
即使只有一次

靈魂罅隙

還未茁壯的靈魂
還在逆來順受
有時候像樹落下的果實
但更多時候是綠苔
抒過一路的滑膩
會讓人想起大地靜謐的唇

風吻過它唇角的乾裂
像病麼的黃昏　無法抵達黑夜
緩衝了生命的冷凍
是我伏案仿寫的日子

這世界與我有何干
除了死亡與鹽　那股相同的氣味
溶化了荊棘與慾望
想不到還有甚麼值得我著迷
路過的雨水悉心將我和孤單分解
它要如何梳理我深入土壤的柔情
我是匿藏在大地罅隙上
未盡思考的蟋蟀

傾斜的塔

　　遷居的身份是個顯微鏡裡的微生物，他們移動得很快但脈搏跳動得不規則。十年或二十年看著鏡子，都仿佛在看一座微微傾斜的塔。我已經認得浮在腳下這座島的名字，但對於島下的海水還一無所知。填來的，填來的，也不是原來的土地。你呢？你的房子是用國籍建的？填來的，填來的，原來的臍帶收在魔術盒裡。

　　找個安身的理由，不然一看雨就有蟻從臉上爬出來。這樣不斷念的罅隙怎麼補也沒完沒了。現在的你也該認真學會攝像的秘訣了。你真差勁，連捕捉塔的時候，塔也在顫抖。

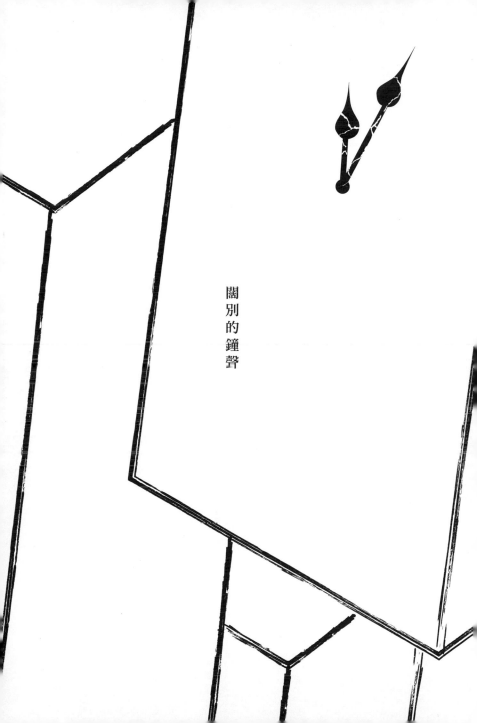

闊別的鐘聲

老鐘上的孩子的心

住在老鐘上的孩子
揹著世界　進化孤老
他沒有心，體內
跳動著一顆亂石
與秒針同行

他最漫長的等待不是夜晚
是垂頭的蝙蝠
倒挂鐘擺
加重了打點的牽挂

住在老鐘上的孩子
喜歡看長空　火紅的高潮
一激動　便點點地
打醒藏他眼角裡
卑微的生物

他為老鐘號脈　查勘時間的生命跡象
沉靜的故事正開始　雜沓的情愫剛結束
鐘聲沒入夜色
孩子的心滴答滴答
與老鐘同眠

回程的柳丁

往事汩汩
是剝開柳橙流下的
詞彙。討論過的愛情
組成鹽粒,綜合成一杯懷舊的飲料

做一個客人

翻開報紙　天就燙了
餐桌上的冰咖啡
仍冰出昨天的寂寞
水珠滑落杯壁像極
我們不斷更換家的汗水

唯有在夜裡數算髮絲的人
方能嗅出遷徙的憂鬱
綿羊不再送你草原和羊毛
半夜看星星　最好過上啞巴的生活
如果下雨　我們就用腮廝磨
一直掉瓣的玫瑰

我們不新了
壓在床上的印記
都被晨光捋平
太陽甚麼顏色　我是不敢再問
醒來做甚麼　做一個客人
像海龜趨海一樣

扒灘的步伐
皆是划過的小旅館

每當我打開房門

開鎖的鑰匙
轉了幾個場景
也不真正屬於我的

撤退黑暗的蝴蝶

乏了的葉子坐在柏油路上
讀著雨季淹沒土壤裡的死寂
卻無法淋濕你誕生過
的聲音，從晝夜
一直駛向生命的河床

草根已被你徒步的意象浸透
沒有甚麼不足的眼神了
哀傷只會讓前行的言語
消失多一行

我們看見的不是一具屍體
是飛出黃昏的一隻蝴蝶
講述生命的蝴蝶
往後我們討論死亡
記憶便有了更美好的形狀

我不像個有記憶的人

烏鴉在窗外挑釁著
日光，我便也長有了烏鴉的影子
說話的人一個也沒有
很適合我重新學習走路
爬出失去光澤
的樂園

倖存

一
微醺中等待日出
渴望剖它兩瓣
一邊透光　一邊擋煞
倖存者在朗讀罪行
可惜不在我

二
故事流離　言語失所
身份如便利店售賣的香菸
標籤駭人依舊成癮
陌生的櫃檯前
只要是過來人
總滯留鄉音的債務

淺嚐

一

沉默透過光
把前朝往事封印石頭上
記憶如靶　舌頭是箭
拉弓後　竟然石頭全是血肉

二

歷史蒼白　撒一撮鹽
溶了礙眼的腐幽生物
還我如雲的舞台
歌頌缺席的傷痕

三

命名如暗示
如重新打造情人的肋骨
挑出一節　構一城圖
給新歡和舊愛共處一市

四
有的姿勢
讓人得以重生再呼吸
分掉　握住的手
另提一盞燈　開啟一穴眾生

五
移行的召喚
像書法潑墨於文明
舊物新語　化作泥
種入時光任由採擷

氣球

麗的呼聲續集為糾纏故事情節喘氣
門前石榴一樹嫩綠他蹦開的年代
剛好父親來得及繫上一顆氣球

喇長奶茶炭燒 Lemang 一鍋白粥 [1]
在某個廚房，反覆沸騰了幾種膚色
盛載中不止一個容器

他用玻璃彈珠贏了兩張七龍珠卡牌，勝利之時
號角吹起戒嚴警報。Gasing 來不及轉出一碗午飯 [2]
便如蝸牛陷入泥沼

捉迷藏在第一炮槍聲中開始
牠們非蟬無法脫殼，爭先恐後竄入濕冷的陰溝
他吹著吸管，盯著玻璃樽七喜冒泡翻滾，他聽見
　　狗在啜泣

記憶還在調戲被拋棄的家，如此冒昧
告別前還放生了勁歌金曲原版磁帶
還有那張印有他形狀的床褥

麗的呼聲花光所有運氣也無法儲存上帝刪減的
　　留言，跟回憶曖昧比絲綢涼薄

與鏡子對望像在看遠方，剪刀低吟的完成一場
　　飛髮革命
片刻噤聲，當氣球在晨光萎靡中逃走。他和當年
小孩已經沒有通信地址可以相互慰問

¹ Lemang：馬來語，指竹筒飯。是一道流傳馬來
西亞、印尼、汶萊、新加坡一帶米南加保族的料
理。
² Gasing：馬來語，一種玩具，指陀螺。

紙燈籠

幾分鐘凌亂的回溯到紙燈籠自焚的慢動作
被遺忘的頻率發出--種錯愕與茫然
從火裡來火裡去　亦即將在火裡重逢

老故居被夕陽照下，一條萬里發燙的
吐司麵包被切片分隔出五百多個小蝸居
是祖父拋錨的終點站。華大偉，門牌 N-5
是我生長的碼頭，這極小的空間牽著幾代人的命運
聽聞祖父在屋外擺檔賣豬雜粥，更聽聞他沒有及時
到約定的地方，領取他兒子年輕時的女人與孩子
她們便消失在陌生谷地。直到
我在另個世紀彈跳出來
也不曾與祖父面對面碰眼，他禪坐在神像隔壁
一塊染上深紅長方牌子，金漆點上他彬彬有禮的名字
看著他　他始終禪坐於神像隔壁

從 A 到 Q，越是深處，越是藏有不被刊登的新聞
燈也不明亮，老阿嬤阿公說那裡有吃人的畜生
他們都知道誰個屋的孩子，身上爬滿異域的

眼睛。偶爾驚恐的喊叫,大家都掩耳不聽
說是犯了鬼。過後,鬼便生了鬼的孩子。
祖父留下的眼線太多,我從未能
瀏覽過另一端生存者的靈魂

最熟悉門前草地上的公雞,牠和妻兒曾目睹
我被木藤狂掃,搞得牠家不得安寧;最牢記
給在淹水上航行的紙船致敬;最美午後起火的
風爐燒著頑劣的扭紋柴,發紅的黑炭是暗裡
不規則的晚霞。在二樓麻將館,補花暗槓自摸
是父親自娛的彌補。我在他搓牌丟牌胡牌
多重奏的回音下,慵懶的從他大腿上睡醒。

打個哈欠，從紙燈籠火裡逃離現場
剝離無法交代清楚的民間故事
活著的死去的分散的人，都潛入記憶河床，不停迴旋
只有直到最後才會消失
可是　最後又會是甚麼時候
安靜　是流年唯一倖存者　而我
過分依賴這鏗鏘的沉默，因它龜裂在異鄉無法繁殖

松鼠看山鬼

冒出頭的那座山
如你的骨灰甕供養在我窗外
天一破曉　便醒入我與夜作別的眼珠

安息的你生出的舍利結成石榴
撿拾果實的松鼠是我
向大地索取你
僅剩的一點骨和肉

松鼠看　樹乘樹乘風乘海
等風暴成型　臨摹一場
離別的形狀
虛擲自己

你沉睡的窩依然有鳥在築巢
而夢呢　夢正悄悄地遷移群山外
抵達於窗　聽我落葉般減速的心跳
而我　我是那個你多年不見
落在山下
深情的山鬼

當我們靜止的時候

當安靜不再被打擾的時候
我該怎麼知道世界還在窗外面

真理長得像微塵嗎
蘋果與鳳梨的問候　翻來覆去
它們在桌上相互摩擦出靡音
抵抗著迷路而來的刀影

當葉子從心的形狀開成一把剪刀
我該如何說　我的愛其實還有很多

櫻桃長得像櫻桃嗎
早夭的果實還想填滿塌陷的洞口
什麼時候蝴蝶才會返回來
的一天？請舉起枝丫指示我

當蟲子軟成糖果的時候
我該慶幸懵懂的腸道是狡猾的

慾望長得像舌頭嗎
調高甜度後的風景有永遠　舔
不盡的分離。善於產糖的青春
繁殖了一雙我自動豎起的觸角

當我們撐過的傘一個比一個沉默
不為什麼地去問假設
儲存的含氧量足夠　讓我們
愛到自然醒

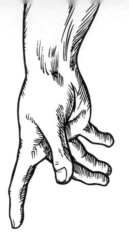

路過的小插曲

青木戀人

一

初熟的落葉不斷回頭，尋找
大樹的眼睛。像極了初初
我來到你的小鎮上　你的眼神正起舞
你的口音既陌生又像逢綠
的海水，是我養傷的地方

你的年代或許不太潮濕，門前
結的果卻是怎麼好，怎麼好。
我是後來風吹路過的那雨
你一打傘
我便瞬間怒放

二

記憶很長，太遠的激動我是
不敢再撩。信還是那麼整齊的
睡在床頭。想說把燈火打開，飛蟲
又闖進來繞了幾圈。怎麼還不走呢
要怎麼走，我就是那隻不懂平衡的飛蟲

三月的風　看著牝走　我的背脊難過了
起來。以為朗讀幾行字就能擺脫
心事錚錚。窗外，有河載著山離去
仿佛世界潺潺在動，而我的世界
動在你的山谷裡

三

暮色的夢被睡了過半
屋裡的漆也讓蒼茫翻新
我們不再是戲弄腳下影子
的少年。只貪戀醒來時
還能記住一個名字

臨別我掌心，花也不願開得太紅
任由雨絲縫補天南與地北。若你
禪定入夢，把來到河岸的蝴蝶遣送
回橋上。收回光線，我將不再是橋下
輕易動心的水草

四
瘦成一條小徑，住進
你寫的街道。樹與樹
還未命名，我伸出手掌
長成紅藤攀緣相思
彳　亍　你　心

字裡的楊桃落地，昏鴉枝上
突然回頭。湖面有逗點打擊
的嫌疑。雨水降至，我從書中
歸來。蜻蜓落在楔子前
你雙手托腮與牠一同發呆

五
俯身傾聽貓薄荷的味道
在清晨報到，腳下的草伸伸懶腰
捋過搖曳春風的尾巴，橘貓一隻
在看煙，煙正側過身穿越你
甜甜地落地　散開生命

毫無預兆的聲音，一想起
就滲漏幾行字裡。不要在相片
尋找我，我的眼神紛紛
在框外呼吸。你知道的我
根本愛得沒有尺寸

六
四月翩然，倩倩也仿佛
晝夜淡淡地分離。奉勸
雲朵輕輕壓在你臉上，當我
吹動手中的風車
讓風護你的周全

打開門，把太陽暫時放入兜裡
上帝會猜到我需要甚麼
我把雨收割，一束一束
贈你傷春時。你如何拒絕
它落地語喃喃，泛起的芊芊

七

沿著井口看看會走路
的綠苔，似雨後的你
你踩出的田野。每一步
皆是霧成熟的時令。看井
的日子，像看你橫生漣漪

烏雲辭行，恰巧你正打聽那一棵
樹在井邊聽風吹雨。我不曾
栽種，卻隨它成形為霧氣伊人儲水
我沒有神的智慧，可我
能在神話裡
打撈　你

沒有魚的水族館

我沿著
水流的方向
尋找藏於罅隙的筆痕
你的字長成海藻
等我失足　纏繞

你寫的水族館是我
身軀剝落我成鹽的汪洋
收攬你句子有光的風景
我眼睛　最溫柔的網
收攏流浪過你唇邊的詞彙

魚問：為何沒有魚

沒有　真的沒有
沒有一條魚
能游出我晦澀的斷句
魚濺出的水紋是飽滿的裂痕

我們沒有魚
魚是多餘的

用以前沒有的時間來傾聽一隻兔子

牠是在地鐵車廂中
冒出我生命的一隻兔子
坐靠窗的位置
並列窗外多霧的風景

兔子看不見的我
在打量著牠的時候
我會說　紅蘿蔔　花椰菜
與地鐵穿過地下軌道
招了--季春光
出來時、我見牠唇上
留了些蔬菜

兔子看　進出的人群
是個預約鬧鐘　腳步秒針劃著浪
潮維持生命卻失聯於海
我從牠的眼睛　聽見了
一些風
追逐那些已經慢下來
魔法時代

黃昏隕落窗前
車暫停　下一站
牠雙耳豎起
朝向漸漸消失的地方
兔子的寂寞枕在耳蝸裡

靠窗的位置
總夾帶著離奇的傳說
例如我在傾聽一隻兔子
跳脫了從前沒有過的時間
來讓這個世界安靜一點點
來跟你說愛你

你是我的一本科幻小說

那些折翼信箋不明下落在八哥銜走年少時
最後一枚夕陽
當日竊竊嚷嚷的筆芯遲鈍得無法立錐
像沒有戶口的孩子呆在屋裡不得外出
消耗生命
有時候真希望能夠擁有穿越過去的本領
把你的身份撕下折成陽光，從黎明養到黑夜
從現在逃往原來　從一個女人走向另一個男人
當你歸家時屋的門牌消失後
旮旯巷子消失後　咖啡山倒塌後
島上的時間就凋謝了
沒關係，我還是一樣稀罕著你
真的，就像魔鬼稀罕著熟透的番茄一樣

我襯衫上的扣子脫線了當時我正啃著烤麵包
她會變成貓把線咬走再鑽入衣內窺探風景
或者剛好扣子滑落乳頭引起她貓爪的騷動
我們便會來一場貓言貓語。如果，她還在。
桌子上佇立著一杯令他厭惡的牛奶

當發現麵包屑從我嘴裡抖落下去
她會說我污染了整片海洋的幸福，轉身
把奶餵養身後的盆栽又或者把自己的拿鐵
熱熱我手背繼續聊她過去失憶的戀人
整個上午，我一直在研究這些幸福過的假動作
她一定會熟練地配合
如果，她還在

還有甚麼能夠不被埋葬的呢？
當你把最後一包紙巾棄掉
我蹲下來把傷口醃製成一罐輕輕的噩夢
癒合時發出的腥氣會在下一個日出前散盡
Tiki Lounge 今夜不打烊在你要了一份
過度燒焦的鮭魚
讓忠實的夜黑黑的探訪偏苦的味蕾
凌晨 4 點零 3 分我們莫名其妙的淚眼下垂
莫名奇妙的膠著在不忍的肌膚
然後清醒著把眼睛闔上
家的鑰匙跌入孤島的酒精裡

輕聲再見

一

雲沿著海的方向遊去
它把自己當成帆　上溯紛紛
一艘船就突然的出現了
而我，剛好在屋頂上看你

二

屋頂上　我正給你寄信
小小樹林　小鳥　風聲
都訓練我成了個不較勁的弓手
你的心　也隨意了吧

三

有的影子住在抽屜裡
他們靠著一連串的意外來維生
我的身體也有專屬的抽屜，養了個小太陽
一拉開　就能看見我在意的你是意外

四

不要收拾回憶，任由它放縱的不可理喻

待我找到了最後一塊拼圖，大概你也不記得了

拼一塊最後的時候　故事也會失去再見

一切　輕輕無期

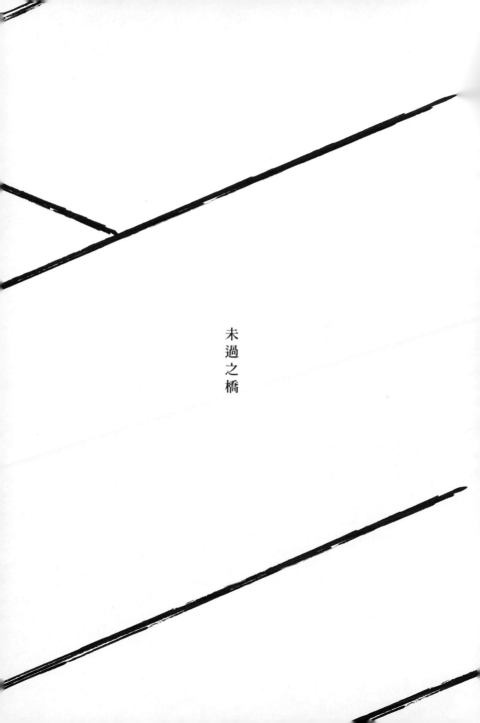

未過之橋

魚骨的秘密

從喉嚨裡拉出來一根
乾燥的秘密
提醒我過期的欲望
不再潤滑
我們告別在最後一口哽咽
吞下分離的重量

秘密最終會變成垃圾
（它缺鈣的心有多嚴重
腥味就有多腐）
扔下河　離開這一生
填補另一個洞口

從喉嚨裡拉出一根
遲疑的秘密
垂釣不斷延長的人生
逾期的幸福或不
同樣催生有毒的年華
脆斷河面上終結沉默

沉默的倒映
是我

逆游

這是一隻貓蹲下來的空檔
淘洗岸邊逆游的魚

他淘洗著誕生
淘洗着安靜蕩去的痕跡
吶，你看：我思緒捆綁的水草
漂流的位置就安頓在這裡

假如明天　我抱著歡樂躍進去
請你 K 一首比我俗套
的歌　讓我在瞄聲裡翻滾
直到泥濘淪陷

這是另一隻貓蹲坐下來的回憶
毫髮無傷的另一段旅程

他定睛拒絕下降的日落
為他的混沌戴上一重冠冕

這般荒誕落寞的情節　記錄在
這一條背光的河
千萬　你不要誤寫向海的方向
我與海有過節

橋上的雨

我站在橋上
鎖住靜止的憂傷

我　一無所見
打落的雨水
能否打出世界的真相

我　無所採集
路過橋上的風聲與腳步聲
復沓的身份逐漸化開

橋上的行人
是落在人間歷練不夠的雨水
不痛不癢
從這一處橋頭斜杠到下一個橋頭
我們與志向便自動裂開
像一滴淚剟開兩半
一半活過了
一半還在活著

橋下的鼓手

水底下有個山谷
我是山谷裡一個鼓手
擊打著石頭　陽光
相信溪澗開出麥子和花
是容我存活的養分

我的名字與自己無關
你要放下筆　傾聽我
躺在荒野中的奇幻
這是我冒犯自己最美的開端
你且讓它繁衍到河床石縫

我現在的身體是蜿蜒的山
和生前記憶裡地標相若
從前與從前　對倒的樹和天空
是我風雨棲息中的背景
但現在已沒有認識的
人和獸

惡魔的春天

我無法杜撰陽光向你宣告春天
以免我抵觸了你　專注成長的呼吸
即使如此　身邊的一切也會釀成一筐
極好的無花果

這般上等的果實
是一顆顆冗長的日常
是過度治療後交換的一點甜食
彌補那些咀嚼障礙的瞬間
然後甜食再換取了一些無法輕易
越過的痛苦

春天過了　入喉深刻的成熟
激活了明日的憧憬　妥協
每一口呼應
時而昏睡時而清醒
時而待命的
我的魔鬼
時候也到了　極壞的果也會永遠敗給記憶

從生到死的隱喻都是一種陽光

每一時代都替自己活過
每一次丟失的靈魂
都堅持逃向月光
那裡才具備生存的聯想
如狼人

每一個晝夜的結合是對未來
做一個完整的切割
對著星星眨眼　以表敬意
我知道明天會是失去　是開始
更多時候是無知
是不明白該等待甚麼

每一句從生到死的隱喻
都是一種陽光　是唯一的我
我的分身隱匿的黑暗
很多個捨不得的從前
剩不多了　很快就要消失殆盡

你從來都不會問我害怕甚麼
仿若每個碰撞都恰到好處
你比我相信　我如此需要掏空
一個過期的潘朵拉盒子
讓體內重置一套新的家具

窗外的霧是窗內一生逐漸消失的物體

有雲在屋頂上生花
路過一路上流浪者的誕生
我抬起頭看花脫模　看雨滑翔
看窗外地上的草　如何觀望
窗內的我短暫的一生

窗外起霧　是黎明逐漸甦醒凋落的花苞
我知道它們是易碎的　像極人的心
霧分明在黑暗中
窺視我偷窺別人的情節
然後無故失踪

窗內的我是窗外的物體
大樹每日牽動我的視線
也堅持落葉　彷彿誰看誰先著地
便能卸下眼角過剩的餘光

你的一生足夠承載死亡的分量了嗎
我們一生的目的分配給了許多詞語

來完成一個句子，你會堅持哪一句
我會說　你有冇好好地食飯

從今日活到明天的樣子
是我無法抵擋在人間的票根
是你看不見的，如震動你眼眶的聲音是沉默的
如頭一次說愛
意義　最後道別

虛構的目的地

每個人都站在這裡　等船靠岸
每個人都站在那裡　但都不一定是在等待
有的人是為了加深呼吸
有的人是為了離開的人　叫他們不要再回來
有的人是為了沉入海

每個人都在這裡虛構目的
卻沒有發現甚麼偉大的目的地
可以提供停泊
每個人看海如同守著另一個身體
聽它呼吸
海也有想法
我們不過是洋流吞下的海市蜃樓

我們時常抱歉
回過來的記憶好慢
回過頭的死亡太快
我們有多厭惡大浪的粗暴與瘋狂
它造次的欲望會更巨大

我們有多深愛遠處的燈塔
它的火光就能有多理解偏離的哀傷

Exit

一群燕子無端
飛返昨日天線站崗
結成一條鞭子
預示　你不再回來

Exit

還沒進化的傷口
都是被放大的星星
裂過的路想開了
疤便自動老去

後記一
做一個客人◎歐筱佩

我終於有了自己的書。這並非我第一次創作的混沌，也不是爲了留紀念而讓它出現的，我想，是需要一件完全屬於我個人的物件在身邊。或者，這樣可以抵消我對自己的陌生感。

從以前到現在，都認爲自己每天都在做「一個客人」。所有痕跡其實沒有跡象，所有關係都會失聯的。重讀詩集裡的每一輯，察覺自己的世界曾經參與過，然後便又消失了；更察覺到原來我的句子老是亂跳動，衷心感激把我詩歌看完且消化的人。

《鱗隙》收錄的詩不多，從〈Entrance〉到〈Exit〉中囊括的每一輯，都是自己與生活中裂開的形狀而形成的作品。我沒有規範與標準的形式來完成一首詩。很多時候的寫的字都源自於聲音，它們皆是生活裡累積起來的東西，好的壞的都滋養著生命的各個角落。其實，我最在意的還是不說話的時刻，因爲沉默最大聲。

《鱗隙》詩集成形還多得新文潮出版社團隊的校對、溝通、包裝，尤其是文慧給予封面的畫作與設計，讓魚眼睛置入時針，彷彿萬物洞悉了時光。也因著新文潮在二〇一五年臉書舉辦的「一首詩的時間」的活動，一個不小心地遇見了一系列寫作人，國強、語凡、欣洵、

昭亮、玉燕等。特別是文傑,是他叫我投稿《聯合早報》副刊〈文藝城〉的。

從山城來到獅城蝸居的日子,日子不短。從工作的更換與居住的位置變動,一直移動的生存方式,切斷又連接的現象,曾經覺得如此超現實。這就是生命中的流量,要好好過日子,日子才會讓我們好過。所以,我還是幸運有我哥,是他把我畢業後從家裡領出來星加坡。有的人必須走在陌生的路徑上,才不會迷失在原來的地方。有什麼可能代替一座城的記憶載體,答案是沒有;但可以從另一座城發現新的鏡像,再從現在和過去打招呼,也是一種聯繫的方式。

現在的就是當下的,過去的就已經過去。每個今天的存在都因昨日的未亡,日光和月光一直都是二手的,但我們肯定不會去問,太陽與月亮哪個比較值得去愛。

最後,要感謝所有為我寫序與推薦短文的中英巫作家和學者:關天林老師、沈眠老師、張寶瓊老師、林得楠會長、曾國平先生、歐陽煒傑老師、隨庭老師、方明老師、宋子江老師、呂育陶老師、溫任平老師、莫哈默‧賽普丁博士(Dr. Mohd Saipuddin Bin Suliman)、方路老師。

「太陽甚麼顏色　我是不敢再問
　醒來做甚麼　做一個客人
　像海龜趕海一樣
　扒灘的步伐
　皆是划過的小旅館」——〈做一個客人〉

二〇二二年九月二十九日

後記二
別班的學生◎張寶瓊

收到筱佩電郵詩集過來的晚上，我流覽了她看似隨心所欲，卻功力深厚的文字。她，已然一位詩人的架勢，遣詞用字遊刃有餘。在詩歌的領域裡，她難得的從容淡定，拿捏著內心的情感波濤，一派波瀾不驚的好整以暇。

我想評析筱佩的詩，但我沒有這份功力；更無法將讀詩的感動，以專業的角度去詮釋，我只想以內心真誠的筆觸去寫寫我的這位學生。

嚴格來說，筱佩不是我的學生。她是別班的同學，我認識她，是始於學校的辯論隊。當時她是智囊團的成員之一，協助辯友破題、找攻略與收集資料。依稀記得那時的筱佩，靜靜地坐在一旁，那副專注、苦思戰略的認真精神，是我腦海中常存的畫面。在大家的討論中，她經常出其不意地蹦出一個看點，往往切中要害。這種突如其來的驚喜，在當時已凸顯她思維能力的強度。我想這種跳出框框的創意，是她走上寫作路上一個極大的助力吧。這也導致她無法滿足學校硬繃繃命題作文的要求，所以考試分數都不高。

筱佩的成長過程，沒少遇到磕磕碰碰。輾輾轉轉，她的腳步駐落獅城。好幾年前，她返鄉來母校打了一轉，想當年的桀驁不馴，今兒

卻讓師長刮目相看的後進生。她還被曾經的訓育主任當時的校長逮住,硬是逼她拍了張合照,當時我不禁失笑。

　　她寫詩,她投稿,她參加比賽,嘗試不斷超越自己。她的作品被收入不同的刊物當中,她開始得獎,星馬港台,都成了她涉獵的園地。看著她一步一腳印,走到今天,我真的很欣慰。筱佩的《罅隙》是她第一本詩集,是她文學路上的一個標記,可喜可賀。當她叫我在《罅隙》留下隻言片語的當兒,我除了受寵若驚之外,更多的是滿滿的感恩。我就只能獻上祝福。祝福你,筱佩!

張寶瓊　留
二〇二二年九月五日

簡介／張寶瓊是作者念國民型中學(馬來西亞)時的中文老師,目前已退休。

新加坡國家圖書館出版品預行編目（CIP）資料

National Library Board, Singapore Cataloguing in Publication Data
Name(s): 欧筱佩 .
Title: 罅隙 / 作者 欧筱佩 .
Other Title(s): 文学岛语 ; 011.
Description: Singapore : 新文潮出版社 . 2022. | 繁体字本 .
Identifier(s): ISBN 978-981-18-5330-2 (Paperback)
Subject(s): LCSH; Chinese poetry--Singapore. | Singaporean poetry (Chinese)--21st
century.
Classification: DDC S895.11--dc23

文學島語 011

罅隙

作　　　者	歐筱佩	
總　　　編	汪來昇	
責 任 編 輯	洪均榮	
美 術 編 輯	陳文慧	
校　　　對	歐筱佩　洪均榮	
出　　　版	新文潮出版社私人有限公司	
	TrendLit Publishing Private Limited (Singapore)	
電　　　郵	contact@trendlitpublishing.com	
法 律 顧 問	鍾庭輝法律事務所 Chung Ting Fai & Co.	

中港台發行　秀威資訊科技股份有限公司

新 馬 發 行　新文潮出版社私人有限公司
地　　　址　366A Tanjong Katong Road, Singapore 437124
電　　　話　(+65) 6980-5638
網 路 書 店　https://www.seabreezebooks.com.sg

出 版 日 期　2022 年 11 月
定　　　價　SGD 20 ／ NTD 250

建 議 分 類　現代詩、當代文學、華文文學

Copyright © 2022 Aw Seow Pooi（歐筱佩）
All Rights Reserved. Printed in Taiwan.